SOMMAIRE

AVANT-PROPOS

LA PREMIERE

MA DEUXIEME

MA TROISIEME

LE DENI TOTAL

MERE A 16 ANS

LA MONTAGNE QUI ACCOUCHE D'UNE SOURIS

L'ENFANT DIFFERENT

POST-TERME, POST-MORTEM

L'ENFANT DU VIOL

ILS ETAIENT DEUX

ADOPTION

LE HUITIEME

IMG

MERE A 44 ANS

IVG

LA CESARIENNE EN URGENCE

A DOMICILE

SOUS X

ARRIERE GRAND-MERE

UNE FILLE SINON RIEN

HOMOPARENTAL

DANS LA VOITURE

DANS LE COMA

© 2014, Cevrine L
Edition : BoD - Books on Demand
12/14 rond-point des Champs Elysées, 75008 Paris
Imprimé par Books on Demand GmbH, Norderstedt, Allemagne
ISBN : 9782322035205
Dépôt légal : Avril 2014

AVANT-PROPOS

Certaines d'entre nous sont jeunes, d'autres âgées, certaines ne jurent que par la surmédicalisation, d'autres prônent le retour à la nature. Bref, la maternité se conjugue au pluriel car on ne devient pas mère au même moment ni de la même manière.

C'est pour cela que j'ai souhaité raconter plusieurs histoires de femmes devenues mères dans des circonstances diverses afin que chacune puisse reconnaître un peu d'elle-même ou assouvir sa curiosité maternelle.

Je commence ce livre par ma propre vie de maman, puis, je narre des récits entendus, ça et là, que j'ai réinterprétés en me mettant à la place des personnes concernées, en me frayant un chemin au sein de leurs pensées.

LA PREMIERE : Une grossesse, une naissance et un accès à la maternité fluides

La première est inattendue. Bien évidemment, je connais les risques d'une absence de contraception mais, depuis 10 ans, mes cycles sont anarchiques. C'est pourquoi, je suis vraiment surprise lorsque, trois mois après avoir rencontré mon nouvel amoureux, je découvre que mon test de grossesse est positif. Moi qui ai toujours pensé que je ne voulais pas d'enfant, je sais immédiatement que je souhaite garder le locataire de mon ventre. Je préviens le futur papa qui me dit se sentir prêt à assumer sa paternité.

Les 9 mois sont magiques. Plus mes rondeurs s'affichent (+19 kilos sur la balance) et plus je déborde de joie (et accessoirement de mes vêtements). Au début, seuls mes seins se développent mais, rapidement, mon ventre, mes fesses et mes cuisses explosent mes pantalons.

Le lundi de Pentecôte, je me réveille vers 7 heures comme d'habitude. Je prends mon petit déjeuner et, un peu lasse, je me recouche vers 8 heures auprès de mon compagnon. Vers 10 heures, je sens un liquide couler entre mes cuisses. Un instant, je crois à une fuite urinaire mais, très vite, je comprends qu'il s'agit du bain amniotique dans lequel mon bébé nage.

Je cours à la salle de bain puis m'allonge dans la baignoire pour observer l'étrange écoulement. Ensuite, je me change, je garnis mes dessous de serviettes éponges (qui me donnent une démarche bien étrange) et je vais avertir l'homme de la situation.

" Tu sais, certaines femmes savent qu'elles vont accoucher lorsqu'elles sentent de fortes contractions alors que d'autres le savent quand elles perdent les eaux. Je fais partie de la deuxième catégorie.

- On part tout de suite !

- Tu sais, on a le temps.

- Non, on y va. "

Arrivés à la maternité, les sages-femmes me confirment que je dois rester. Je n'ai plus qu'à attendre que le travail commence.

Les heures sont longues et mon chéri, impatient, fait des allers-retours incessants entre le domicile et l'hôpital jusqu'au moment où je lui dis d'aller à la maison attendre que je lui téléphone au moment fatidique.

Vers 19 heures, les contractions arrivent. Je suis étonnée de leur force (plus importante du fait de la rupture des membranes) et je pars marcher autour du bâtiment pour favoriser la dilatation. Quand la douleur devient trop forte je rentre dans ma chambre et je déménage tout. A chaque crispation, je fais tomber un objet (un oreiller, un livre...).

Je suis soulagée que mon cher et tendre n'assiste pas à ma souffrance. Je lui passe un coup de fil lors d'un petit répit pour lui dire de venir vers 23 heures. Entre temps, mon bienfaiteur (c'est à dire le médecin anesthésiste) me soulage en posant une péridurale munie d'une pompe afin que je puisse m'injecter moi-même du produit en cas de besoin. Lorsque mon fiancé arrive en salle d'accouchement, je suis apaisée.

A 2 heures, la sage femme me dit que je suis à dilatation complète. Je la vois prendre un scalpel (c'est la mode des épisiotomies systématiques). Elle me dit de pousser et, rapidement, mon bébé sort de mon corps meurtri.

La petite chose gluante et ensanglantée contre ma poitrine, je ressens une émotion intense et je sais que je ne serais plus jamais comme avant. Je fais désormais partie du cercle des mères de familles. Je suis responsable, adulte, et plus jamais insouciante.

Les jours qui suivent, j'oscille entre joie intense et pleurs. La faute au bouleversement hormonal, à la fatigue, à la responsabilité qui m'incombe.

Au bout d'une semaine, je trouve mes marques et reprends le cours de ma vie sans que ce soit tout à fait la même vie. J'allaite et je trouve cela à la fois magique et avilissant. Mon enfant réclame souvent le sein et je n'en peux plus de cet esclavage ou de cette dépendance. J'ai l'impression d'être une tétine sur patte avec ma fille constamment accrochée à mon corsage. J'ai très peu de lait et, manque de chance, les rares fois où mes seins se gorgent du précieux liquide ce sont durant les rares moments d'intimité en couple (déjà fragilisés par la cicatrisation du périnée). Or, il faut admettre qu'avoir les seins qui coulent lors d'une étreinte ne représente pas le summum du sex-appeal. Loin d'être fusionnelle comme certaines femmes que j'observe et qui me donnent des complexes, mon enfant à sa propre chambre dès l'âge de 3 jours et je déteste les nuits sans dormir.

A 2 mois, je m'affranchis avec soulagement de ma sensation d'étouffement en offrant un biberon salutaire et en reprenant gaiement le chemin du travail et une sexualité semi-normale (c'est quoi normale 1 fois par jour, par semaine, par mois ?).

Tout va bien. Je suis heureuse de retourner travailler et, je peux désormais partager les mêmes préoccupations que les collègues autour de la machine à café " Combien de dents elle a ? Il y a une épidémie de gastro. Qu'est-ce que mon fils est intelligent. Comment ça, elle ne marche toujours pas a un an ? " Bref, on reconnaît dans l'entreprise les mères de famille à leurs discussions légèrement bétifiantes et moralisatrices. Je me prête pourtant volontairement à cette comédie sociale et l'idée d'agrandir la famille commence à me titiller.

MA DEUXIEME : un placenta prævia et une césarienne programmée

La mise en route de la deuxième grossesse prend environ un an. Mais oui, il faut faire tomber le mythe du bébé qui arrive toujours au moment où on le décide. L'heureux événement finit par arriver, je suis fatiguée de courir après l'aînée et heureuse en même temps. Je me sens un peu anxieuse car je suis suivie pour un placenta præria. Au lieu de s'implanter en haut de l'utérus, le placenta s'est niché près du col ce qui peut entraîner des hémorragies graves pour l'enfant et la mère. C'est pour cela que je bénéficie d'une césarienne 3 semaines avant terme. J'apprécie de prendre rendez-vous avec mon enfant et ne suis pas frustrée d'échapper à l'accouchement naturel. Au contraire.

Ce lundi, j'entre au bloc opératoire ravie malgré la petite angoisse de future opérée. 20 minutes plus tard, après quelques vertiges et dans une ambiance de bruits de bricolage, je fais connaissance de ma seconde pépette dans une tranquillité remarquable. Malgré une hémorragie postopératoire vite enrayée, un début d'occlusion intestinale et l'absence d'antalgiques à cause de l'allaitement, je supporte la douleur de mon ventre blessé.

Je me sens apaisée, mon bébé est calme et je récupère rapidement. En fait, la césarienne est à l'opposé de ce que je pouvais penser, je n'y vois que de bons cotés sans oublier que j'échappe aux douleurs vulvaires qui polluent les rapports sexuels les premières semaines et aux désagréments divers.

MA TROISIEME : infertilité, accouchement inopiné et gros baby-blues

Pour ne pas reproduire le schéma classique (2 enfants, un garçon, une fille), je souhaite construire ma famille en y intégrant un troisième enfant. Ce troisième enfant, de nombreuses personnes en rêvent mais peu franchissent le pas. Pour mon fiancé et moi, 5 personnes, c'est l'idéal familial. C'est pourquoi, je me rends au printemps chez le gynécologue afin de faire retirer le stérilet qui m'avait été posé après ma seconde grossesse, 3 ou 4 ans auparavant...

Il me dit

« On se revoit dès que vous êtes enceinte

- Cela a mis un an pour la deuxième, donc à l'année prochaine. »

Et effectivement, les mois passent sans que je m'inquiète. Après tout, il est connu qu'autour de 35 ans, les probabilités d'avoir un enfant sont en baisse.

Evidemment, j'éprouve quand même une déception lorsque mes menstruations arrivent mais je patiente.

Au bout d'un an d'essais infructueux, je me décide à consulter un gynécologue.

Il évoque une possible ménopause précoce, non confirmée par l'analyse qui suit, puis, il décèle un déséquilibre hormonal étant donné l'irrégularité de mes cycles.

Il m'administre un traitement (du citrate de clomifène) avec un suivi échographique et déclenchement de l'ovulation par piqûre.

Cette prescription me rend malade. En plus de quelques nausées et sautes d'humeur, je dois supporter les mycoses à répétition et des règles hémorragiques dont le volume des pertes sanguines me met au bord de l'évanouissement.

Qui plus est, sachant que je ne dispose que de 48 heures pour être fécondable après chaque injection mensuelle, j'en veux à mon conjoint de ne pas multiplier les tentatives durant ce court délai.

Après quelques mois, le médecin se décide à pousser l'investigation et me demande de passer une hystérosalpingographie. Si le nom de cet examen est barbare, il est aussi très désagréable à endurer.

Le radiologue me dit de m'allonger nue sur la table froide (heureusement que la notion de pudeur n'existe plus quand on a accouché au moins une fois). Sans analgésie, il introduit dans mon abdomen une canule à l'aide d'une pince jusqu'à l'intérieur de l'utérus. Si la douleur me parait supportable, ce n'est que temporaire. En tous cas, c'est un exercice étrange et qui tiraille. J'aurais du prendre un décontractant avant de me rendre à l'examen.

Une fois son matériel bien placé dans la cavité, le docteur injecte un produit iodé de contraste pour vérifier le trajet du liquide sur la radio. Très rapidement, et après avoir insisté sur l'injection du liquide, il rend son verdict.

" La solution iodée ne sort pas de vos trompes, elles sont complètement obstruées toutes les deux et à part avec une fécondation in vitro, il n' y a aucune chance que vos ovules rencontrent un quelconque petit spermatozoïde, même téméraire, rapide et fonctionnant au radar. "

Je sors de la consultation un peu triste mais surtout soulagée de comprendre les raisons de mon infertilité.

Par contre, je suis victime de contractions douloureuses durant plus d'une heure.

Suite au diagnostic, je retourne voir l'obstétricien qui m'explique que les FIV ont peu de chances de prendre quand les organes sont abîmés.

Il me propose de tenter une opération réparatrice des trompes mais me prévient : « Je ne peux pas vous promettre la réussite et même si cela fonctionne, les risques de fausses couches et de grossesses extra-utérines sont multipliés par 3 ou 4. »

Je prends quelques mois de réflexion, prête à faire le deuil de cette 3ième grossesse et mon pacsé finit par me convaincre de me soumettre à cette intervention chirurgicale (je ne suis plus à une cicatrice abdominale près).

Je me laisse faire sans vraiment croire à l'efficacité de cette solution. Pourtant, Après 3 ans d'essais infructueux, je tombe enceinte après seulement 4 cycles.

Je baigne dans l'ambivalence, à la fois réjouie et apeurée. Je crains que cet enfant arrive trop tard alors que j'avais accepté qu'il n'arrive jamais, j'ai peur de le perdre, j'ai peur de tout. A part au futur papa, je ne souhaite pas communiquer la nouvelle même après avoir vu le coeur battre lors d'une échographie précoce. Paradoxalement, c'est ma grossesse la plus expressive. A peine enceinte, je sens déjà ma poitrine gonfler et se tendre, et, je sens mon enfant bouger avant la fin du premier trimestre.

A l'inverse de la plupart des femmes dans mon état en début de grossesse, je suis insomniaque. C'est peut être déjà le signe avant coureur d'un possible coup de déprime. Je n'y prête pas attention, après tous les efforts fournis pour avoir cette troisième petite fille, je ne peux que me réjouir ou faire semblant.

Arrivée à terme, je suis enthousiaste à l'idée de rencontrer ma choupinette si précieuse. Le jour J, je pars à la maternité en pensant à une fausse alerte car mes contractions sont peu douloureuses. A l'hôpital, la sage-femme me dit : « Le travail a commencé mais la naissance n'arrivera pas avant quelques heures, je vous laisse donc attendre dans cette pièce d'examen (de 5m²) avant qu'on vous installe dans une salle d'accouchement. »

A peine est-elle sortie du lieu en question que les contractions, jusqu'ici si discrètes, se font violentes, douloureuses et se répètent toutes les trois minutes en me laissant dans un état épouvantable. Leur intensité continue d'augmenter ainsi que leur fréquence et, devant l'incapacité de mon conjoint à pouvoir me soulager, je lui conseille de partir manger chez Mac Do en espérant recevoir la péridurale durant son absence. Il s'en va et la sage femme me rend une petite visite :

" Je veux la péri tout de suite, Aiiiiiiie...

- Il faut attendre encore un peu, je reviens tout à l'heure. "

Elle repart, me laissant à ma douleur et je sens que j'ai besoin de pousser. Etant donné que je suis seule, je me retiens ce qui me fait souffrir encore plus. Je me rends compte, pour la première fois de ma vie, que je ne peux pas tout contrôler. Moi qui déteste lâcher prise mon corps et mon cerveau me trahissent en me rendant animale, focalisée uniquement sur les douleurs de l'enfantement. Je ne suis qu'un mammifère femelle parmi d'autres, j'ai l'impression de côtoyer la mort de près.

Enfin, les blouses roses (ou vertes, ou blanches, ou bleues) viennent enfin me voir en pensant me transférer en salle de travail mais elles me trouvent en train d'agoniser (j'exagère à peine) ou plutôt d'hyperventiler, toujours à demi vêtue de mes propres habits et en position étrange sur la table d'examen.

" On va vous transférer

- Nooooon, je suis en train d'accoucher !!!

- Mais non. On bouge, on va en salle de travail et vous allez avoir la péri.

- Si, le bébé arrive, je veux pousser, je vous dis, aaaaahhhhhhhh. "

On finit par m'écouter et elles se rendent à l'évidence, mon fœtus est là, à l'ouverture et la perspective de pousser sans anesthésie me fait hurler encore plus fort et je m'agrippe au bras d'une auxiliaire de puériculture qui accepte que je me serve d'elle comme d'un défouloir (a-t-elle eu quelques bleus ?). Tout compte fait, la poussée est moins douloureuse que tout ce qui a précédé, j'insiste à peine que ma fille a déjà le nez dehors. Je suis soulagée que ma squatteuse utérine sorte enfin et mon placenta s'échappe tout aussi facilement.

Même si mon conjoint est allé se nourrir dans un fast-food, la rapidité du repas ne l'a pas empêché de rater la naissance, ce qui finalement est plutôt un bien compte tenu du coté gore de la situation et de tous les fluides corporels qui se sont enfuis de moi.

Il nous trouve, notre fille et moi dans une petite chambre. Je suis contente de pouvoir me déplacer de suite (seul avantage à l'absence de l'anesthésie) mais je vis mal la violence de l'accouchement. Je me passe la scène en boucle comme les victimes de stress post-traumatique. Oui, je suis traumatisée

Pour couronner le tout, on m'assène " Votre bébé est trop petit, il a un retard de croissance intra utérin, on doit lui faire des examens. "

Evidemment, mon angoisse déjà présente s'accentue et je ne ferme pas l'œil de la nuit. Dans un état d'hyper excitation, mon cœur bat à 120, je fais 16 de tension et je veux partir de cet hôpital. Je veux qu'on me relâche, après tout j'ai accouché seule, ça ne m'a servi à rien d'être là; En plus, on essaie de chercher une anomalie sur mon bébé, on la pique sans arrêt et on lui pose des poches urinaires autocollantes qui lui égratignent le peu de chair qu'elle possède. Mon état ne s'améliore pas, j'ai perdu la capacité au sommeil et j'ai un sentiment permanent de mort imminente. Ma propre mort puisque j'ai pris conscience que j'étais mortelle (peut-être est-ce cela grandir) mais aussi la mort de ma poupée. A force de lui chercher quelque chose, je pense qu'ils vont forcément m'annoncer qu'il ne faut mieux pas que je m'attache à un être voué à un décès précoce. Alors, forcément, j'ai peur de m'attacher à elle. Mon anxiété finit par nuire à la qualité de ma lactation, et ma fille si maigre, n'en finit plus de maigrir encore et encore.

« Il faut que vous la laissiez contre vous 24 heures sur 24, ça favorisera la prise des tétées, car à ce rythme, on vous laissera pas rentrer chez vous.

- Mais je veux sortir, je me sens mal ici, je veux m'en aller.

- Ah, ben c'est pas de notre faute si votre fille est hypotrophe. »

Sous entendu que c'est de ma faute à moi. Après m'avoir soupçonnée d'avoir consommé ou du tabac, ou de l'alcool, ou des médicaments, on suggère que j'ai peut-être attrapé une maladie que j'aurais généreusement partagée avec mon fœtus. Bref, je suis forcément coupable de quelque chose.

Sur ce, mon état ne s'arrange pas et je pense que je vais finir par devenir folle et j'imagine déjà mon prochain internement.

Le corps médical ne se rend pas compte de l'état dans lequel ils peuvent faire plonger certaines personnes. Les jours qui suivent un accouchement sont toujours une période de fragilisation, alors, cette fois, c'est exacerbé.

Je profite de l'absence de la sorcière, c'est à dire la pédiatre, pour sortir de la prison dans laquelle on me retient.

Je rentre chez moi soulagée, après 4 jours d'incarcération, mais je passe plus de temps à pleurer qu'à m'occuper de mon p'tit bout. J'ai tellement de bouffées anxiogènes à l'intérieur de moi que je me remets au footing dès le lendemain de mon retour. Chaque effort effectué par mes poumons lors des foulées fait sortir une pincée de rage dévastatrice et il m'arrive de pleurer, voire crier en courant.

Heureusement, le papa prend les choses en main, je me débarrasse des histoires de poids néonatal en arrêtant l'allaitement et je me décide à consulter un médecin bienveillant pour qu'il m'aide à calmer ce qu'il nomme une dépression post-partum. Mon moral vacille encore plus quand, à peine une quinzaine de jours après ma sortie carcérale, je retourne à mon bagne pour me faire inciser des hémorroïdes grosses comme des balles de golf et complètement thrombosées. Après les douleurs de l'enfantement, les douleurs anales viennent à bout de ce qui me restait de volonté. Honnêtement, cela fait vraiment mal et le pire est que ce genre de pathologie s'installe facilement dans la chronicité. Heureusement, aidée de quelques psychotropes, du soutien de mon conjoint et en constatant que ma fille demeure vivante (je vérifie sans cesse son existence), mon mental s'améliore avec le temps.

Alors, j'accepte de m'occuper davantage de ma pépette et je m'y attache, je l'aime et je crois même que cette vilaine expérience rend notre relation encore plus forte. Les périodes de hauts et de bas s'enchaînent, je demeure un peu insomniaque mais je sens que je suis sortie d'affaires. Je lis des témoignages sur des femmes qui ont eu ce passage à vide et regarde des documentaires. Je me reconnais dans ces femmes et je mesure la chance de ne pas avoir basculé comme certaines, dans un rejet massif et un mal être qui en a amené quelques unes à être hospitalisées dans des unités spéciales mères enfants. Bien sur, je ne parle pas de celles qui ont complètement basculé dans la folie ou la psychose puerpérale, une espèce d'état dans lequel la mère a des hallucinations, souffre de paranoïas ou s'imagine des choses qui la poussent à tuer le fruit de ses entrailles.

Une mère se construit dans la contradiction et l'ambivalence, tantôt débordante d'amour, tantôt dans le rejet et souvent coupable.

L'image de la maternité est aujourd'hui idéalisée, les people posent le ventre arrondi, le sourire aux lèvres puis apparaissent après l'accouchement, minces et épanouies. De quoi rendre folle de jalousie toutes les femmes ordinaires qui ne passent pas par photoshop pour effacer les traces de fatigue, qui n'ont pas une nounou jour et nuit pour les seconder ni un coach sportif pour les aider à effacer quelques kilos mal placés.

Qui plus est, la tendance aujourd'hui est au maternage. On nous bassine avec l'allaitement à la demande, le portage, le cosleeping, les couches lavables, les petits pots faits maison et si, en plus, on peut conjuguer tout cela avec une carrière professionnelle réussie et une sexualité débridée, on devient une super maman.

Bref, on essaie de nous faire conjuguer des pratiques ancestrales avec des rythmes de vie modernes, ce qui n'est pas facile tous les jours. Tant mieux pour celles qui y parviennent mais que les mamans non-idéales comme moi se rassurent, au bout du compte nous serons toutes des mauvaises mères et nos enfants auront forcément quelque chose à nous reprocher.

Je revendique donc haut et fort mon droit d'être imparfaite, de me sentir parfois esclave, de hausser le ton à l'occasion et de quand même aimer mes filles.

LE DENI TOTAL

Cela faisait quelques jours que des douleurs au dos et à l'abdomen me faisaient quelque peu souffrir mais, ce jour là, la douleur m'a clouée sur place. Des spasmes, encore des spasmes, toujours des spasmes qui m'empêchaient d'aller au travail.
Je me suis décidée à téléphoner au 18.
Les pompiers sont arrivés et le médecin qui les accompagnait a évoqué de possibles coliques.
Arrivée aux urgences, on m'a examinée. J'ai vu des médecins discuter entre eux et on m'a dirigée vers une salle d'échographie.
La sonde a parcouru mon ventre et j'ai entendu la voix du docteur qui me disait : «Vous êtes en train d'accoucher ! »
Sur le coup, je n'ai pas vraiment compris.
Puis, les sages-femmes ont débarqué et m'ont installée dans une salle d'accouchement.

« Mais non, ce n'est pas possible, je n'attends pas de bébé, je prends la pilule, j'ai mes règles, vous vous trompez. »

Et tout s'est précipité, on m'a dit que j'étais dilatée à 10 et qu'il fallait pousser.
J'ai obéi docilement et j'ai vu le bébé sortir, gluant et ensanglanté qui hurlait pour prouver qu'il était bien là.

J'ai totalement paniqué, j'ai pleuré et dit que je ne voulais pas le toucher. Face à la situation et à ma détresse, le personnel s'est montré bienveillant et a attendu le lendemain avant de me demander ce que je comptais faire et quel prénom j'allais donner.

Une puéricultrice a mandaté un psy à qui j'ai pu confié ma consternation et mon angoisse face à cette naissance inattendue.

J'ai d'abord souhaité le confier à l'adoption.
Puis, je me suis décidée à prévenir le père dont j'étais séparé depuis 7 mois. Sous le choc, il a d'abord refusé en bloc et prétendu que j'avais volontairement caché ma grossesse. Je lui ai raccroché au nez.

2 jours après, il se pointait à l'hôpital pour me demander de renoncer à l'abandonner. Il s'est engagé à le reconnaître et à être là pour son enfant. Je lui ai demandé de choisir un prénom, il a dit « Simon ».

J'ai acquiescé. J'ai accepté de garder l'enfant.
J'ai mis du temps à l'apprivoiser. Il m'a fallu neuf mois pour l'accepter, le temps d'une grossesse en somme.

Pourtant, quand je vois mon fils maintenant, je

n'ai aucun doute sur l'amour que je lui porte.
Je regrette seulement de ne pas avoir profité du gros ventre, des sensations... comme les autres mamans.

Je culpabilise aussi beaucoup en me demandant si Simon a ressenti un rejet de ma part.
Mes doutes s'envolent quand je vois à quel point il est épanoui, souriant et éveillé.

MERE A 16 ANS

J'ai 19 ans et déjà un enfant de 3 ans.
J'ai rencontré Seb au collège en classe de 4ème C. Il est venu me voir et m'a demandé : «Tu veux sortir avec moi ? »

Je lui ai répondu oui et nous avons commencé à nous bécoter de façon chaste.
L'année suivante, on se prodiguait quelques caresses intimes tout en respectant notre virginité. En seconde, il a voulu pousser les choses plus loin. Je n'avais jamais parlé de sexualité avec mes parents et il était inenvisageable que j'aille demander la pilule à ma mère. J'avais peur de sa réaction, qu'elle soit déçue par moi.

J'ai donc dit à Seb que je voulais bien lui offrir mon corps s'il se procurait un préservatif. On attendu que je sois vraiment prête, que mon envie soit plus forte que mon angoisse. Je pense qu'on avait tous les deux rêvé de ce moment une centaine de fois.

Un soir où mes parents étaient absents, j'ai rejoint mon amoureux dans une cabane au bord de la rivière. Pour l'occasion, il avait installé des couvertures, un pique-nique, quelques fleurs et une bougie. On s'est déshabillé avec maladresse

et il a sorti la capote.
Vu que c'était une première fois, aucun de nous deux ne savait comment la mettre et, à force d'essayer, elle a craqué. On a quand même continué, nous étions trop avancés dans les étreintes.

Je pensais que je ne risquais pas grand chose au 22ème jour de mon cycle. J'ai eu mal et j'ai demandé à Seb qu'il s'entraîne pour les préservatifs en vue des fois futures. C'est ce qu'il a fait, et nos rencontres corporelles suivantes se sont bien déroulées, beaucoup plus agréables.

Mes règles ne sont pas venues mais je n'étais pas plus inquiète que ça. J'ai douté au bout de 8 semaines et j'ai fait un test, positif. Je n'ai rien dit, comme si me taire permettait d'effacer la grossesse.

Au 5ème mois, cela commençait à se voir alors j'ai rejeté les avances de mon petit ami. Quand il s'est montré trop pressant, je lui ai jeté la vérité au visage dans un accès de colère.

Il m'a hurlé dessus en disant que c'était fini entre nous et qu'il allait tout déballer à ma mère.
Du coup, je suis allée lui annoncer moi-même. En même temps, cela m'a soulagée du poids qui me torturait.

Après un « Je suis enceinte », elle s'est mise à pleurer. Puis, elle m'a demandé d'avorter. J'ai refusé.

Au lycée, je suis allée voir l'assistante sociale qui m'a trouvé une place en foyer pour jeunes mères.
Quand les contractions ont débuté, j'ai téléphoné à Seb. Il a raccroché.

A la maternité, on a posé très rapidement une péridurale.
Ma mère est venue et m'a demandé si elle pouvait rester. J'ai accepté, plutôt heureuse de l'avoir à mes côtés tant ma crainte était grande.

Zoé est sortie après 12 heures de travail, dans une espèce de douceur ambiante. Epuisée mais heureuse, je me suis réconciliée avec ma mère en le devenant à mon tour.

Elle m'a dit qu'elle m'aiderait. Seb est venu à la maternité et a reconnu sa fille contre l'avis de ses parents. Au bout d'un an, on s'est remis ensemble.
Il continue de vivre chez lui tandis que Zoé et moi avons un appartement social.

J'ai fait une croix sur mes études mais j'ai trouvé un emploi de vendeuse de vêtements il y a 6 mois. J'ai mis Zoé à l'école et malgré toutes les difficultés, je ne regrette rien du tout.

LA MONTAGNE QUI ACCOUCHE D'UNE SOURIS (ou la grosse femme enceinte et son minuscule prématuré)

Quand j'étais ado, j'ai lu un texte parlant d'une montagne qui accouche d'une souris. Je ne pensais pas qu'un jour je serais cette montagne et que ma souris serait vraiment si petite.

A 27 ans, mon mari et moi avons mis un bébé en route sans peine. 2 cycles ont suffi pour que je sois enceinte.
Tout allait bien aux échographies du premier et du second trimestre mais je me sentais gonflée, boudinée.

A 5 mois et demi, j'étais complètement bouffie, pleine d'eau et j'ai vu des point voler devant mes yeux. J'ai dit à mon mari que je me sentais mal et il m'a emmenée aux urgences.
Ma tension était de 17.9 et j'ai entendu les mots « vite, pré-éclampsie, césarienne urgente. »
J'ai été dirigée au bloc opératoire sans trop me rendre compte de ce qui se passait. On a posé un masque sur mon nez et ma bouche puis, trou noir.
Quand je me suis réveillée, j'avais mal au ventre, une cicatrice boursouflée et les idées confuses.
L'infirmière m'a expliqué qu'on avait sorti mon bébé, une fille, dirigée en réanimation néonatale.

Elle pesait 600 grammes. Elle a demandé son prénom, mais on n'avait pas eu le temps de le choisir.

Je me suis inquiétée de sa santé. On m'a répondu que les premiers jours ou les premières semaines, il était difficile de se prononcer; qu'il y aurait des hauts et des bas, des moments d'espoir et de désespoir.

Le lendemain, on m'a assise dans un fauteuil roulant pour rendre visite à ma fille.
Je ne réalisais pas. Puis, je l'ai vue, si petite et branchée de partout. Je n'ai pas pleuré à ce moment là, c'est venu plus tard.

Je n'étais pas encore consciente que j'avais accouché alors comment reconnaître cet enfant miniature et déshumanisé ?
Mon mari était là le plus possible, il me parlait mais mon esprit était ailleurs, dans un monde à part et embrumé.

Par moment, les machines se mettaient à sonner et on priait que ce soit pour l'enfant d'autres gens. Quand elles sonnaient pour nous, nos cœurs se mettaient à battre fort et douloureusement.

Une fois le silence revenu, on s'autorisait à croire que ça irait peut-être mieux. J'ai appris à vivre au jour le jour, sans trop de questions. Je me refusais à m'attacher trop fort à cette petite Noémie.

En plus, ils l'ont opérée. Son système digestif n'était pas suffisamment mature. Une nouvelle frayeur.

Aucun parent ni ami n'osait nous féliciter pour la naissance de notre fille. Ma famille pleurait dans son coin et évitait le contact avec moi. Même les médecins étaient évasifs et n'osaient pas me regarder en face. Mon mari et moi avions des difficultés à partager notre peine, nous étions seuls chacun de notre côté.

Le ciel s'est éclairci uniquement quand elle a été débranchée et qu'elle est passée en néonatologie « normale ». Sans mes repères sonores et une équipe de choc 24/24, j'avais encore peur. J'ai laissé tomber mon anxiété lorsque Noémie a su capter mon regard et que j'ai été autorisée à la sortir de la couveuse pour la prendre dans mes bras.

Je me suis permise de lâcher les larmes que j'avais retenues et j'ai réalisé que ma fille allait vivre. Peut-être qu'elle serait moins précoce que d'autres enfants mais peu m'importait.

5 mois après sa naissance, nous avons eu le droit

de l'avoir chez nous, à la maison. Cela m'a complètement effrayée et j'allais vérifier, toutes les heures, qu'elle respirait bien.

Je me suis inscrite à un groupe de paroles de parents de préma et j'ai mis des mots sur mon anxiété partagée par les autres. Ce n'est que par ce biais que je me suis libérée et que j'ai apprivoisé ma fille.

Elle a 7 ans, elle va bien.

L'ENFANT DIFFERENT

J'attendais mon deuxième enfant pour mes 30 ans.
Je ne faisais pas partie d'une population à risque.
A la première échographie, le médecin a suggéré que la nuque était un peu épaisse mais sans plus.
La prise de sang des marqueurs sériques a mesuré que la probabilité que j'attende un enfant trisomique était d'1 risque sur 400. Cela était élevé pour mon âge mais ne justifiait pas une amniocentèse.

Toute ma grossesse s'est déroulée à la perfection. Je me sentais forte, belle, bien dans mon corps et dans ma tête. Une grossesse idéale en somme.
J'ai perdu les eaux un dimanche matin, à terme. J'étais pressée de rencontrer Lucas et de le présenter à son papa et à sa grande sœur, Aude, 3 ans.

J'ai accouché facilement.
Quand on a sorti mon fils, je ne lui ai rien trouvé de particulier, c'était un bébé normal.
La puéricultrice l'a pris avec elle pour les tests de naissance et a noté qu'il manquait de tonicité. Elle m'a prévenue que des examens complémentaires seraient effectués le lendemain par le pédiatre et la psychomotricienne.

Elle ne m'a pas dit qu'elle soupçonnait une trisomie et j'ai pensé qu'il avait été un peu secoué par l'accouchement.

Le lundi, on est venu chercher Lucas. Je les ai laissés faire avec un léger doute qui commençait insidieusement à s'installer. A leur retour d'examen, les mines du personnel étaient défaites et j'ai compris qu'il y avait un truc bizarre.

« Il est trisomique », c'est tout ce qu'ils on dit. Etrangement, je n'ai pas eu peur de son handicap contrairement à mon mari qui a mis plusieurs mois à l'accepter.

Aude a compris que son frère était différent des autres enfants et elle le protège encore plus avec un amour total. Lucas le lui rend bien.

Il n'a jamais trop pleuré, il est souriant et gentil et les regards croisés au supermarché ne le gênent pas. Je voudrais seulement dire aux gens que mon fils me comble. Il ne sera jamais vraiment adulte, ira chez le kiné et le pneumologue toute sa vie, mais il sait se faire un peu à manger et sera capable de travailler. Il compte, lit, discute facilement et fait le pitre. L'école l'a toujours intégré et il fait partie du paysage local.

Je me dis que c'est une bonne chose que je ne l'ai

pas su plus tôt car je n'aurais peut-être pas eu le privilège de connaître cet être rare.

A 15 ans, il commence à s'interroger sur les filles, les camarades et je lui réponds toujours avec franchise. Il aime jardiner, se promener et s'occuper des chiens.

Je sais que s'il nous arrivait quelque chose à mon mari et à moi, sa sœur le prendrait en charge avec l'assurance décès que nous avons contractée.
Que ça vous gène ou pas, je le dis, j'aime mon fils

POST-TERME, POST-MORTEM

C'était mon deuxième fils. Le premier se portait comme un charme. Ma seconde grossesse s'était aussi bien passée que la première. J'avais la forme, pris 13 kilos, et gardais un sourire radieux. Les échographies confortaient mon optimisme, on m'annonçait un enfant en bonne santé et d'un poids normal. Par contre, alors que j'avais accouché à 39 semaines pour Baptiste, je jouais les prolongations pour Arthur. Le gynécologue avait beau répéter que c'était habituel, je me posais des questions. Il était convenu d'attendre 41 semaines et demie avant de déclencher. Alors, je laissais les jours se succéder. Les mouvements fœtaux se faisaient moins sentir depuis quelques jours, on me disait que c'était par ce qu'il avait moins de place.

Au terme convenu, je suis allée à l'hôpital avec ma valise et celle du bébé puisque nous devions en repartir tous les deux quelques jours plus tard. Mais, l'histoire s'est avérée bien différente.

La sage-femme m'avait mis un gel spécial puis fait une perfusion pour provoquer les contractions. Sans résultat. D'un geste gynécologique, elle a rompu les membranes et le liquide amniotique a commencé à couler. Il était légèrement vert. Ce n'était pas bon signe. On m'a dit « le monitoring et la couleur du liquide indiquent une souffrance fœtal, on vous fait une césarienne en urgence. » L'équipe s'est empressée de me conduire au bloc et je devinais l'affolement au timbre de leurs voix.

Le geste a été rapide. Mon enfant n'a pas crié. Ils sont partis avec lui très vite et j'ai aperçu un nourrisson tout mou, comme une poupée de chiffon. Le temps s'est allongé, mon cœur cognait contre ma poitrine et je pressentais la mauvaise nouvelle.

Le chirurgien et une sage-femme sont venus me voir. Je leur ai demandé s'il y avait un problème avec mon fils et ils répondu OUI.

« Nous sommes désolés Madame, nous n'avons pas pu le sauver. Il était en terme dépassé et il n'a pas survécu. »

Je n'ai, d'abord, pas compris pourquoi ils avaient attendu pour me déclencher puisqu'il est risqué d'être en dépassement de terme. Il m'a fallu attendre avant de comprendre que beaucoup d'enfants naissaient en retard sans aucun souci. J'en voulais aux soignants, à moi, à la terre entière et je négligeais mon mari et notre fils. J'étais dans le brouillard lors de l'inhumation et je gardais une photo de mon fils, figé, dans mon portefeuille.

Ma famille attendait mon retour à la vie et je sombrais chaque jour un peu plus. Je voulais parler de mon malheur mais personne ne souhaitait participer à cette conversation. Je me suis décidée à contacter un groupe de parents en deuil d'enfant et je me suis libérée de ce poids trop gros pour moi. Mon conjoint vivait sa douleur à sa manière, mon fils avait l'air indifférent pour ne pas nous décevoir et j'apprenais à accepter l'inacceptable. Chacun était seul dans sa tristesse et nous cohabitions.

Mon couple n'a pas réussi à survivre à cette épreuve. C'était trop difficile de nous regarder sans voir, à travers l'autre, notre propre désarroi.
Nous avons mené une vie séparé et notre aîné s'est, tant bien que mal, construit dans ce drame. Le psychologue l'a beaucoup aidé, nous a beaucoup aidés. J'ai décidé de ne pas avoir d'autre enfant tandis que mon ex a refait sa vie avec une autre femme qui lui a donné une fillette adorable. La colère et l'amertume se sont atténuées avec le temps. La blessure et le souvenir restent intacts. Pourtant, c'était il y a 28 ans.

L'ENFANT DU VIOL

Je suis rwandaise. J'ai vécu la guerre civile entre tutsis et hutus et je suis un dommage collatéral comme on dit. Les hommes sont venus dans mon village. Ils ont assassiné les anciens, ont fait la guerre à nos pères et frères et nous ont prises de force, nous les filles, les femmes.

J'étais jeune, je n'avais que 16 ans. Ils s'y sont mis à plusieurs pour me souiller. Ils me tapaient en même temps. Un d'entre eux s'est muni d'un fragment de bouteille en verre pour me taillader le visage et les parties intimes. Je crois que j'ai perdu connaissance à un moment car j'ai un trou dans ma mémoire. La douleur était tellement forte, je me suis peut-être désincorporée pour protéger mon psychisme.

Ils se sont acharnés sur moi, ma sœur de 12 ans pendant que ma mère agonisait. Ils sont partis après plusieurs heures de sévices en me laissant pour quasi-morte, ensanglantée et inconsciente. A mon réveil, une amie, elle aussi maltraitée, me soignait en sanglotant.

On a toutes tenté d'oublier, sauf que certaines d'entre nous ont gardé un stigmate de cette journée là. Un enfant plus précisément. Je n'avais pas de cycle mais je ne pouvais croire que l'ignominie était féconde. Quand mon ventre s'est arrondi, je lui ai tapé dessus. Je hurlai et m'en voulais d'avoir ovulé lors d'un rapport non consenti. J'espérai faire une fausse couche. Mais non, ma fille s'est accrochée et j'ai accouché dans la plus grande tristesse.

Elle a réveillé mes douleurs et mes souvenirs monstrueux. J'ai déversé ma rage sur elle. Je l'ai négligée et pourtant elle a survécu à mes mauvais traitements. C'est une jeune fille aujourd'hui et elle connaît son histoire qui est la même que des milliers d'autres enfants. Elle a multiplié les tentatives pour me plaire et que je lui accorde un peu d'amour. Sauf que je ne peux pas.

Le mieux que j'ai pu faire pour elle, a été de feindre l'indifférence. J'ai arrêté de la rejeter, je l'ai prise dans mes bras à de nombreuses occasions en me forçant un peu. Au fond d'elle, elle doit bien savoir que je n'arrive pas à l'apprécier. Je sais qu'elle n'est pour rien dans mon histoire et qu'elle pourrait aussi être victime de la méchanceté des hommes.
Rien n'y fait.

ILS ETAIENT DEUX

J'en avais rêvé de cette grossesse. 15 mois qu'on y travaillait. Nous n'avions pas de problèmes médicaux, juste les gamètes paresseuses. Le gynéco m'a proposé de booster mon ovulation. J'ai dit oui. Il m'avait informée sur une probabilité accrue de grossesse gémellaire, sauf que je pensais que cela ne pourrait pas me concerner.

A l'échographie des 12 semaines, le médecin s'est tu un long moment et a tourné l'écran vers moi pour que je découvre 2 sacs gestationnels. Sans mot, j'ai compris. Mon mari lui, a eu besoin que je verbalise pour assimiler la nouvelle.

Un peu sous le choc durant 2 jours, nous nous sommes réjouis assez vite. Après tout, nous avions toujours voulu avoir deux enfants et ils arrivaient en même temps, c'était magique. L'annonce à l'entourage a été plus délicate. On a tout entendu : « C'est déjà dur avec un, alors deux ; les couches, les bibs, tout est en double, c'est une horreur ! »

Autant dire que nous étions un peu effrayés. Heureusement, j'ai rencontré une maman de jumeaux qui faisait partie de l'association jumeaux et plus. Elle m'a donnée un tas d'astuces pratiques pour faire face les premiers mois.

A 6 mois, j'accusais déjà 15 kilos en plus et tout le monde me demandait quand j'allais accoucher. C'est à cette date que j'ai du rester alitée pour éviter la prématurité. Ce furent de très longues semaines. Affalée sur le canapé, les pieds en l'air pour dégonfler les oedèmes, je passais mon temps à lire les ouvrages consacrés à la maternité. Mon mari s'était attelé à rénover les combles pour les transformer en chambre pour enfants.

A 8 mois, j'étais prête à les mettre au monde. Le liquide amniotique avait commencé à couler, j'avais une fissure de la poche des eaux et mon obstétricien a réalisé une césarienne. Je n'étais pas endormie, je bénéficiais d'une rachianesthésie qui m'anesthésiait le bas du corps.

Il a sorti J1, mon fils Simon, puis J2, ma fille Zoé. Pour des jumeaux de 37 semaines, ils pesaient quand même 2,700 kilos et 2,600 kilos. Ils étaient parfaits. Je me suis vite rendu compte, lors de ma semaine à la clinique, que ça allait être difficile. Je n'avais pas une minute de répit.

Cela a empiré quand je suis rentrée chez moi. Les nuits et les jours se succédaient sans que je sois consciente de l'heure qu'il était. Mon cerveau était dans un état léthargique tandis que mon corps s'activait à effectuer les tâches du quotidien. Je manquais de sommeil, de temps, de tout. Au bout de 2 mois, je me suis écroulée. Mon mari m'a retrouvée assise à pleurer dans le salon lorsqu'il est rentré du boulot et je m'en souviens à peine.

Il m'a dit qu'il fallait que je sorte de cet enfer domestique et a téléphoné à l'association
« Jumeaux et plus ». Plusieurs parents de jumeaux nous ont donné des conseils pratiques : accepter de ne pas être parfaite, négliger le ménage, ne pas baigner les enfants tous les jours (ils ne se salissent pas autant), les asseoir sur les transats pour un biberonnage quasi-autonome... Bref, un tas d'astuces très utiles pour gérer cette situation de crise.

Au bout de quelques semaines de lâcher-prise et de contacts avec l'asso, nous avions développé des stratégies anti-débordement et nous avons trouvé nos marques. Bien sûr, il y a eu des périodes plus délicates que d'autres : l'apprentissage de la marche, les crises d'opposition. Et aussi, certains avantages : Ils s'occupaient tous les deux sans trop me solliciter. Bref, les trois premières années sont passées à une vitesse folle.

Un calme relatif est venu ensuite, avec l'entrée à l'école où nous avons décidé de les mettre dans

des classes séparées, ils étaient heureux de se retrouver le soir et cela a été une bonne idée.
Quand les enfants ont eu 6 ans, nous avons mis en route un petit troisième. J'avoue que son éducation, petit, a été largement plus facile et que ses aînés faisant couple, c'était presque un enfant unique. Son comportement était plus capricieux, exclusif et moins patient.

Le message que je souhaite véhiculer auprès des parents de jumeaux, c'est :« Ne soyez pas effrayés, c'est une expérience rare qui enrichit la famille. »

ADOPTION

J'étais seule dans la vie, une vieille fille, une célibataire endurcie. Je n'avais pas choisi cette situation. J'avais connu des hommes mais je ne les avais pas retenus. La vie était passée à une vitesse folle. A 37 ans, je me rendais compte que mon utérus serait toujours au repos.

J'ai alors entrepris une révolution dans ma vie. Je connaissais les obstacles à l'adoption des célibataires mais je me suis lancée. Après avoir déposé mon dossier à l'ASE, j'ai été suivie par une assistante sociale et un psy un peu intrusifs qui cherchaient à comprendre pourquoi j'avais échoué dans mes relations sentimentales. Tout y est passé, le caractère de ma mère, de mon père, mes petits amis, mes qualités, mes défauts, mes motivations...

Heureusement pour les couples qui font un enfant naturellement, qu'on ne les soumet pas à un interrogatoire aussi intime car beaucoup ne franchiraient pas l'épreuve de passage. C'était pire que les examens universitaires les plus durs auxquels je m'étais confrontée plus jeune.

Alors, quand j'ai obtenu l'agrément, je l'ai fêté comme lors de mon succès à l'agrégation.

Pourtant, j'étais loin d'avoir terminé mes démarches. Mes chances d'adopter en France étaient infimes et les agences étrangères préféraient confier les orphelins à des couples en priorité. Je suis passée par des phases d'euphorie puis d'abattement qui ont duré 5 années très longues. Enfin, j'ai reçu un appel du Brésil. Une petite fille m'attendait quelque part. Elle avait 5 ans, 3 frères déjà casés à travers le monde et se nommait Jociane. J'ai décidé de lui garder son prénom pour ne pas trop la chambouler.

J'étais fébrile la première fois que je me suis rendue sur place. La barrière de la langue était un frein mais je baragouinais un dialecte suffisamment compréhensible pour m'orienter. Quand je suis allée à l'orphelinat, je l'ai instantanément reconnue. La photo était fiable, c'était elle, la peau brune et des yeux qui criaient « maman . »

Je la sentais en besoin d'affection et réticente en même temps. Elle a reculé lorsque je me suis approchée. J'ai versé une larme et l'ai simplement effleurée. En 3 jours, elle s'est habituée à ma présence et a esquissé un sourire timide. Quand j'ai été obligée de repartir, j'ai ressenti un véritable déchirement même si je savais qu'il ne me restait plus que quelques mois à attendre pour avoir le droit de la rapatrier chez moi. Je lui ai laissé une photo, quelques crayons et babioles, et lui ai promis de la voir sur Skype une fois par semaine comme l'orphelinat m'y a autorisé. 4 mois après, j'étais de retour auprès d'elle. Elle ne m'avait pas oublié. Même mieux, elle avait compris que j'allais être sa maman pour de vrai.

La première année en France, elle a eu du mal à s'acclimater, elle avait peur de tout: de me perdre, de me garder, des gens, du temps. Mais, aujourd'hui, après 3 ans dans mon antre, c'est la plus épanouie des petites filles.

LE HUITIEME

Je sens les regards étonnés, curieux ou concupiscents des gens que je croise.

« Regardez la colonie de vacances ! Elle ne connaît pas la contraception, c'est une intégriste ! Bonjour les allocs ! C'est un cas social ! »

Quand on a une grande famille, on doit s'attendre aux réactions excessives d'une société normée.
2 enfants, c'est logique, un troisième, pourquoi pas ? Mais alors, à compter du quatrième, le soupçon pèse et les reproches prolifèrent. « Mais enfin, tu penses à la planète ? Et ton corps ? Et comment tu vas faire pour les élever ? »

Mon mari et moi écoutons d'une oreille distraite et continuons notre travail de procréation. Certaines s'épanouissent dans le travail, moi, la maternité a donné un sens à ma vie. C'est mon métier. Sans doute aurais-je une place plus appropriée au sein d'une tribu africaine. Seulement voilà, je suis une occidentale mais aussi une mère de famille nombreuse. Lorsque j'ai annoncé l'arrivée d'un petit dernier, un huitième, j'ai affronté les regards étrangers mais ai savouré la satisfaction de mes 7 premiers enfants et de mon amoureux, heureux papa. La plus grande avait 16 ans, le dernier 2 ans et moi j'allais sur mes 39 ans. Et bien, croyez-moi ou pas, mais j'ai apprécié ma grossesse autant que les précédentes : le ventre qui s'arrondit, les mouvements fœtaux, les transformations physiques. Même l'accouchement. Habituée des salles d'accouchement, mes derniers bébés étaient sortis sans péridurale après un travail rapide et efficace.

J'en ai allaité certains, d'autres pas, en fonction de ma fatigue et je les ai tous aimés autant, les portant en écharpe, les promenant, jouant avec eux. Le petit huitième n'a pas dérogé à mon maternage. Je l'ai peut-être plus couvé que les autres car je savais que ce serait le dernier, un problème de santé condamnant ma fertilité. Pour célébrer ce petit huitième, je l'ai nommé Octave.

Bien sûr, dans une grande fratrie, il est ardu d'obtenir un calme absolu. Les jeux sont bruyants, les disputes se succèdent. En même temps, chacun s'entraide et il n'est pas rare que les plus grands s'occupent des petits pour le bain ou pour les habiller.

Pour s'en sortir au quotidien, il est nécessaire d'avoir une organisation irréprochable. Courses XXL 1 fois par semaine (le prix est aussi XXL), chronomètre en route pour toutes les activités (petit déjeuner 10 minutes, habillage 5...). Au bout du 4ème enfant, on ne s'en sort pas trop mal en gestion du temps. Les vraies difficultés sont certainement les déplacements. Entre les sièges-auto improbables, les poussettes à plier et déplier, le bébé en écharpe, celui dans le landau et le petit qui coure devant, la tâche est réellement malaisée.

Mais bon, j'ai 58 ans maintenant. Je n'ai aucun regret. Au contraire, je suis fière de ma tribu. Entre les enfants et leurs conjoints, les repas de famille prennent l'allure de cantines municipales avec de la joie en plus.

IMG

J'avais déjà une petite fille de 3 ans quand nous avons mis le deuxième en route. Lorsque le test a affiché deux barres verticales, nous avons sauté de joie. Première échographie : Tout paraît normal. Mon ventre pousse, je ressens quelques gargouillis et j'envisage l'avenir avec plénitude et sérénité.

Confiante, je me rends à l'échographie morphologique du 5ème mois en compagnie de mon fiancé. Nous sommes impatients de connaître le sexe de notre bébé, nous espérons un garçon.

Je m'allonge sur la table d'examen, le gynécologue pose la sonde enduite d'un gel et il commence à regarder. Les 30 premières secondes, rien de spécial. Tout d'un coup, il se tait, le regard fixé sur l'écran. Je reste aussi silencieuse en essayant de décrypter des images ininterprétables pour le commun des mortels.

Je me lance après un certain temps : « Tout est normal ? »

« Je suis désolé mais votre enfant a un problème: un spina bifida avec hydrocéphalie. »

Je ne comprends rien aux termes médicaux alors le médecin m'explique que mon petit garçon tant attendu n'a pas l'intégralité de sa colonne vertébrale et de l'eau dans le cerveau. Ses chances de survie sont minces et, quand bien même il vivrait, son handicap serait trop important.

« Vous pouvez choisir d'interrompre la grossesse ou de la mener à terme en sachant que ce bébé n'aura qu'une vie très courte et compliquée. Je vous conseille de réfléchir durant quelques semaines et, le cas échéant de prendre des décisions: obsèques ou non, inscription au livret de famille... »

Pour mon compagnon, c'était beaucoup plus clair que pour moi. Après tout, il ne portait pas cet enfant, ne le sentait pas bouger. Malgré le discours médical, je ne pouvais m'empêcher de croire que peut-être cet enfant vivrait sans trop de séquelle. Dans le déni et bercée d'illusions, je reculais le moment de me séparer de Gaspard (prénom que nous avions choisi).

« Plus tu attends, plus cela sera difficile, tu sais ?» Je savais mais je n'arrivais pas à passer le cap. Ma petite Emeline ne comprenait rien à cette histoire de petit frère à moitié vivant à moitié mort. Elle voyait sa maman pleurer toute la journée dans sa chambre et son papa perdu.

A 6 mois, alors que Gaspard était de plus en plus vigoureux dans mon abdomen, j'ai passé le cap. J'avais l'impression d'assassiner mon bébé et je me sentais coupable. Je suis arrivée à la maternité où j'ai croisé de jeunes mamans toutes souriantes, et je leur en voulais d'être heureuses.

On m'a installée dans une salle et ils ont injecté plusieurs produits: un pour endormir définitivement Gaspard, un pour déclencher des contractions. J'avais demandé qu'on me fasse une césarienne sous anesthésie générale mais cela a été refusé. Je devais affronter la réalité pour faire le deuil soi-disant. Cela a été long, très très long.

Psychologiquement, je faisais barrage à la sortie de mon enfant pour ne pas m'en séparer. Mon chéri m'agrippait la main et je le sentais lui aussi prêt à craquer. Au moment de l'expulsion, pas de cri. Après avoir coupé le cordon, la sage-femme m'a posé mon fœtus sur mon ventre. Je l'ai trouvé beau, l'ai serré très fort et je ne voulais plus le lâcher. J'ai hurlé quand on l'a séparé de moi.

Nous avons organisé un enterrement avec un cercueil taille poupée, quelques fleurs et une tombe minuscule pour nous recueillir. Je ne m'en souviens même plus tellement j'étais dans un état second. Ma fille, bien plus mature que moi en cette circonstance m'a dit :

« Tu sais maman, c'est mieux pour lui. Faut pas être triste. Et puis, je suis là moi ! ».

Je l'avais oubliée ces dernières semaines. Je devais vivre pour elle, si vivante, tellement là. Comme c'était plus facile à dire qu'à faire, je me suis décidée à consulter un psy et j'ai été aidée. Avec quelques psychotropes et des séances de thérapie, j'ai réappris à vivre tout en étant différente de celle d'avant. Je n'ai pas voulu refaire d'enfant, la perspective de revivre mon calvaire m'étant insupportable. J'ai consacré mon peu d'énergie à faire grandir ma fille. Elle a tiré profit de cette expérience. A 23 ans, elle est puéricultrice en néonatologie.

MERE A 44 ANS

J'avais déjà essayé d'être maman, cela n'avait pas marché. 1 fausse couche, 3 inséminations et 3 FIV plus tard, j'avais abandonné mes projets maternels à 39 ans.

J'avais accepté de faire un trait et mon mari avait lui aussi consenti à s'asseoir sur une paternité potentielle. Puis, à 43 ans passés de 3 mois, je n'ai plus de règle. Cela fait bien quelques temps que mes cycles sont irréguliers, oscillant entre 15 et 40 jours.

De fait, je pense que je suis ménopausée. Les semaines passent et je décide de consulter mon gynécologue pour lutter contre des symptômes que j'interprète comme étant liés à une ménopause.

Dr Gomez pense lui aussi que c'est sans doute le cas. Il m'ausculte tout de même et, à l'occasion du toucher vaginal, je vois le doute s'immiscer sur son visage. « Ménopause, c'est quand même un drôle de prénom pour un bébé ! » me dit-il en souriant très largement.

Je ne comprends pas immédiatement. Surtout, je suis à la fois heureuse et dépitée. J'ai tellement réussi à faire le deuil de mon instinct maternel que me projeter à nouveau dans ce rôle me désarçonne.

Je me demande s'il faut vraiment que je le garde. D'ailleurs, quand j'annonce la nouvelle au géniteur, il est aussi perplexe que moi.

A force de discussions et d'insomnies successives, nous décidons, finalement, de faire une place au sens figuré mais aussi au sens propre, au petit garçon. Alors que nous avons investi une des pièces de la maison comme grande bibliothèque-bureau, nous lui rendons sa destination première: celle d'une chambre d'enfant.

Cet enfant commence, dès lors, à bouleverser notre quotidien. Nous qui voyageons régulièrement, qui sortons, voici que nous restons à demeure. Mon ventre imposant et des contractions précoces me clouent sur le canapé. Je le vis assez mal et j'ai hâte que l'accouchement signe ma libération.

C'est assez naïf, bien entendu. Lorsque j'accouche enfin, je m'aperçois bien vite que les sorties ne vont pas être prioritaires durant plusieurs années. Le bébé est très demandeur de présence et de soins. Les nuits blanches me sont très pénibles.

A 44 ans, la récupération est certainement plus difficile. Nous nous aidons, mon mari et moi, mais la fatigue rend notre couple fragile. Nous surmontons cette crise et tout le monde nous rappelle la chance que nous avons même si cela doit passer par des difficultés ponctuelles.

Alors que ma voisine de 25 ans a récupéré sa ligne 3 mois après avoir donné naissance à sa fille et qu'elle dégage une énergie solaire, je suis alourdie d'une dizaine de kilos et mon visage est marqué. Tant pis, je m'occuperai de mon physique plus tard. Quand Léon fait ses nuits, je m'émerveille de mon petit bonhomme et réapprend à vivre.

IVG

J'ai 50 ans, suis célibataire et n'ai pas d'enfant. Tout au moins pas d'enfant réel mais je possède un enfant imaginaire qui me hante depuis 20 ans. J'en avais 30, à l'époque. Je vivais un amour dévastateur avec un homme bien trop violent pour que j'envisage une vie de famille. Au lieu de partir tout simplement, je restais inerte dans un climat angoissant. Alors, quand j'ai compris que j'étais enceinte alors que je n'avais oublié qu'un seul comprimé, j'ai paniqué. Je savais que je n'allais pas le garder. Cette décision me rendait triste même si j'avais conscience que c'était mieux ainsi.

Le médecin m'avait donné un médicament pour avorter seule chez moi. J'avais senti des contractions et vu le sang couler entre mes cuisses. Pourtant, je suis allée à l'hôpital pour vérifier que tout s'était bien passé. Mon instinct ne s'était pas trompé. Il restait une partie embryonnaire dans mon utérus. On a donc procédé à un curetage. J'ai eu mal physiquement. J'ai eu mal psychiquement. Quand je suis rentrée chez moi, alors que mon persécuteur ne savait rien de ce que je venais de faire, il m'a tapée de toutes ses forces sous un prétexte idiot. Dans la bagarre, il a frappé mon abdomen. Fort, très fort.

J'ai énormément saigné. Le lendemain, alors qu'il était au travail, j'ai téléphoné aux pompiers car j'étais vraiment mal en point. J'ai perdu connaissance.

A mon réveil, j'ai entendu « hémorragie, ablation de l'utérus... » Tandis que j'avais choisi de ne pas être maman temporairement, mes chances de devenir mère un jour venaient d'être définitivement anéanties. C'est ce qui m'a donné la rage nécessaire pour porter plainte contre lui. Indirectement, l'enfant dont je me suis séparée m'a permise de me sauver des griffes du plus abominable homme que j'ai connu. Du coup, ce bébé virtuel a pris un espace dans mon esprit. J'y pense chaque jour et, à la date du terme prévue, je compte l'âge qu'il ou elle aurait. Je n'ose pas trop en parler car on me répondra que c'est moi qui ai décidé d'avorter. Cet enfant n'a laissé aucune trace de son passage et, malgré tout, je me sens maman dans l'âme, dans le cœur, dans le corps.

LA CESARIENNE EN URGENCE ET MAL VECUE

J'avais eu une grossesse de rêve et je pensais naturellement que l'accouchement serait à l'image de ces 9 mois idylliques.

Alors, j'étais vraiment excitée lorsque j'ai rompu la poche des eaux cette nuit là. Arrivée à la maternité, je pensais sincèrement que les évènements se dérouleraient rapidement. Le lendemain, aucun bébé n'avait pointé son nez. Le personnel hospitalier m'a alors expliqué que, pour éviter une infection, on allait déclencher l'accouchement.

J'avoue avoir été soulagée de savoir que la rencontre approchait.

Un tampon de prostaglandines enfoui dans mon vagin, j'attendais que les contractions arrivent mais en vain.

Le protocole s'est renforcé avec une perfusion de produits accélérant le travail et, enfin, les douleurs sont apparues.

Assez vite, on m'a posé une péridurale, c'est la procédure dans le cadre d'un déclenchement.

Sauf que de nombreuses heures plus tard, mon col n'avait que peu bougé, à mon grand désarroi.

Mais le plus inquiétant, c'était les battements de cœur de mon fils qui ralentissaient. Je voyais bien les mines défaites des infirmières qui n'osaient pas trop m'annoncer de mauvaise nouvelle.

Elles ont bippé le médecin de garde. Aussitôt arrivé, il a pris les choses en main en un minimum de temps avec une équipe de blouses blanches et j'ai été transportée, bien malgré moi, au bloc opératoire.

Face au manque de communication des soignants trop occupés, l'urgence de la situation m'est apparue d'une violence insoutenable.

Dépossédée de mon propre corps, l'intervention était une violation de mes droits fondamentaux. J'avais beau savoir que ce geste chirurgical devait nous sauver le bébé et moi, je n'en demeurais pas moins déçue, voire révoltée. J'étais en colère contre l'hôpital, contre mon enfant et, principalement, contre moi-même.

Je me sentais minable de ne pas avoir réussi à accoucher normalement. Par conséquent, une fois mon enfant sorti et en bonne santé, je ne ressentais pas la joie à laquelle j'aspirais. En fait, je ne ressentais rien. J'avais été étrangère au plus beau moment de ma vie et cette étrangeté a perduré un long moment. J'ai eu du mal à créer le lien avec mon nourrisson et je continuais à culpabiliser.

Alors, quand on me demande quel est le plus beau jour de ma vie, je ne réponds pas que c'est la naissance de mon enfant. Non, le plus beau jour de ma vie, c'est chaque jour passé à ses côtés à le voir grandir et s'épanouir. Il n'a pas de séquelle des difficultés que nous avons rencontrées, et moi, il ne me reste qu'une cicatrice discrète en haut du pubis qui me rappelle cet épisode douloureux de ma vie.

Je crois que je me suis vraiment réparée mentalement quand , 2 ans après Nathan, j'ai accouché de sa sœur par voie basse, un AVAC (accouchement par voie basse après césarienne). Je me suis alors réconciliée avec moi-même. J'ai crains, dans un premier temps, de préférer ma fille à son frère car l'accouchement avait été meilleur mais, heureusement, je les aime avec autant d'intensité l'un et l'autre.

A DOMICILE

Quelques voyages en Afrique m'avaient définitivement convaincue du bienfait du retour au naturel. Alors que les femmes occidentales s'acharnaient à se détacher de leur condition animale, en croyant être plus humaines, j'avais compris que la véritable humanité consistait à accepter d'être un mammifère parmi les autres, de rester humble et simple dans ce monde si superficiel.

Bien entendu, je n'étais pas hostile à un minimum de confort et ma vie d'européenne plutôt gâtée me convenait. Seulement, j'essayais d'être en accord avec moi-même.

J'avais abandonné la contraception depuis quelques mois, d'un commun accord avec mon partenaire, et je m'étais réjouie d'être enceinte.
J'ai décidé d'être complètement à l'écoute de mon corps et de ses besoins.

Dès les premières semaines, j'ai accepté les petits désagréments courants et je me suis ménagée.
Au cinquième mois, lorsque j'ai senti mon fœtus bouger, nous avons décidé de pratiquer l'haptonomie.

Au départ, j'étais la seule à ressentir les mouvements fœtaux. Puis, après quelques séances, mon compagnon les a sentis lui aussi. Nous apprenions à communiquer avec un enfant intra-utérin, c'était magique. Par exemple, en passant la main sur mon abdomen, notre fille réagissait en accompagnant nos gestes. Nous lui parlions en même temps et elle réagissait aussi aux sons.

Logiquement, l'idée d'accoucher à domicile s'est imposée comme un prolongement de cette osmose tout comme l'idée de pratiquer le maternage proximal (allaitement au sein, portage, cododo...).

En quête d'une sage-femme pratiquant les accouchements à domicile, je me suis vite aperçue que la mission était compliquée. Beaucoup d'entre-elles étaient plutôt favorables à cette pratique mais elles ne pouvaient pas payer les assurances très onéreuses qu'on leur imposait.
En attendant de trouver la perle rare, je me suis tournée vers une doula, une femme qui accompagne les futures mères.

Le jour J, j'ai demandé à ma sage-femme, trouvée sur le tard, et à ma Doula, de venir toutes les deux m'aider à donner la vie.

Nous avons installé une grande bâche en plastique sur le sol de ma chambre, puis je suis allée prendre un bain pour soulager mes douleurs. A un moment, j'ai senti qu'il fallait que je sorte, que je me rapprochais de la fin. Les deux femmes m'ont aidée à venir sur la bâche. Mon mari s'est agenouillé derrière moi afin de me masser le dos tandis que j'agrippais ma doula pour me suspendre. La sage-femme guidait les opérations et c'est dans cette position peu conventionnelle mais confortable que Marilou est sortie dans une ambiance sereine. Mon conjoint l'a saisie seul et a coupé le cordon. Aucun geste invasif n'a été pratiqué sur le bébé ou moi, pas même une aspiration comme il est courant de le faire sur les nouveau-nés. Tout allait bien. Après un nettoyage nécessaire de la chambre et un cours pratique sur la mise au sein, nous sommes restés seuls tous les trois.

J'ai ensuite bénéficié d'un suivi à domicile durant une semaine pour les suites de couches et la santé du bébé et, j'ai aussi pu obtenir une aide à domicile. De nombreuses femmes ignorent qu'elles ont le droit à toutes ses facilités. J'ai aussi, durant quelques semaines, continué à faire peser mon enfant à la PMI (Protection Maternelle et Infantile).

Ayant quelques soucis pour allaiter les premiers

temps (crevasses et autres), je me suis orientée vers la Leche league où j'ai reçu un soutien bien précieux pour persévérer.

Pour éviter les risques de mort subite, j'ai installé un matelas à même le sol jouxtant le nôtre, lui aussi par terre. Aucun risque de chute ou d'étouffement et quelle facilité pour nourrir ma fille la nuit.

N'étant pas superwoman, j'ai quand même eu une faiblesse au niveau des couches. J'avais pensé les prendre lavables mais j'ai finalement opté pour des jetables. Pour les déplacements, je me suis vite rendue compte que le portage en écharpe était bien plus pratique que la poussette et plus apaisante, à tel point que je l'utilisais même à la maison pour calmer les fameux pleurs des premiers mois.

J'attends maintenant mon deuxième enfant et j'espère vivre la même expérience.

SOUS X

25 ans que cette histoire reste enfouie dans ma tête et dans mon corps, sans en parler à personne. C'est un secret de famille que mes parents m'ont défendu de révéler.

A 43 ans, j'ai décidé de briser le tabou, pour m'en libérer, quitte à me fâcher avec mes géniteurs et à subir le mécontentement de mon mari et de ma fille, ma deuxième qui croît être fille unique.
J'étais jeune et issue d'un milieu aisé, traditionnel et rigoriste. Après un parcours scolaire sans faille, j'entamais brillamment ma première année de médecine. Jamais mes parents n'avaient abordé le sujet de la contraception avec moi.
Un jeune étudiant de ma promo m'a séduite et ce qui devait arriver arriva.

Tellement prise par mes cours, j'ai pris connaissance de ma grossesse après le délai légal pour avorter, à 15 semaines.
Je l'ai d'abord cachée à mes parents sous de larges pulls et mon fiancé s'était fait la malle depuis quelques temps déjà.

A 6 mois, j'ai tout avoué. Mon père et ma mère se sont mis d'accord pour m'envoyer à l'ombre quelques mois en prétextant une mononucléose auprès des gens. En réalité, j'ai été hébergée chez ma tante à 300 kilomètres avec ordre d'abandonner ma fille à la naissance.

Je me suis attachée à cet enfant en secret mais, disciplinée et obéissante, je me suis résignée à faire ce qu'on m'avait demandé.

Dans la salle d'accouchement, Tatie Sylvie m'a accompagnée. Sachant ce qui m'attendait, je refusais de pousser afin de garder ma fille pour moi toute seule. Mais elle est sortie quand même. On m'a demandé si je voulais la prendre mais j'ai refusé. Je lui ai donné une gourmette avec son prénom, Pauline.

J'ai signé les papiers et je suis sortie de la clinique, comme si rien n'était arrivé. Papa m'a dit « Tu n'en parleras jamais à personne. » Ensuite, j'ai repris mon parcours et ai réussi mon doctorat à 30 ans, âge auquel j'ai rencontré mon époux.

4 ans plus tard, j'étais enceinte de notre fille ce qui a réveillé tous mes souvenirs enfouis et j'ai eu mal. J'ai complètement paniqué à l'accouchement et les jours qui ont suivi sans que mon mari comprenne mon comportement. Depuis, cela me travaille sans cesse et j'ai refusé de faire un autre enfant. C'était trop sensible et douloureux.

J'ai décidé de lever le secret de mon identité afin qu'un jour, peut-être, ma fille aînée me retrouve si elle le souhaite.

ARRIERE GRAND-MERE

J'ai 80 ans et je viens d'une époque où maternité rimait avec danger et l'espérance de vie était bien faible. Je suis née dans une ferme, à la lueur des bougies, seules sources de lumière. Mon père était allé chercher le médecin du village qui avait assisté ma mère du mieux qu'il avait pu. Elle est partie d'une hémorragie après m'avoir mise au monde. Elle avait 36 ans et j'étais son neuvième enfant (dont 2 étaient décédés en bas-âge). J'avais été éduquée par ma grand-mère paternelle avec mes frères et sœurs. Malgré une enfance heureuse, j'avais toujours l'idée qu'accoucher pouvait se révéler fatal et j'avais appréhendé mon mariage avec Pierre.

Je faisais tout pour espacer les rapports sexuels mais, à un moment, j'ai été enceinte.

Dans ce temps là, on ne montrait pas la grossesse et je dissimulais mon état. J'étais terrorisée à l'idée de faire aussi une hémorragie alors je suis allée à l'hôpital, ce qui n'était pas le cas de toutes les femmes de ma génération.

La ville était assez proche pour que je bénéficie de ce luxe médical. Tout s'est bien passé mais j'ai dit à Pierre que nous n'aurions pas plus de 2 ou 3 enfants. Je suis devenue une professionnelle de l'ovulation et des méthodes de contraception naturelle, n'ayant pas d'autre choix. Et cela a fonctionné. J'ai eu mon aîné à 24 ans, mon second à 29 et ma dernière à 33 ans. Et c'en était fini de ma carrière de génitrice. Attention, j'ai aimé mes enfants. Seules les grossesses et suites de couches me soulevaient le cœur.

A 50 ans, je suis devenue grand-mère.
Débarrassée de ma phobie, j'ai profité de ce rôle avec d'autant plus d'enthousiasme que les temps avaient changé. Je ne craignais pas de perdre mes petits-enfants. Tout était parfaitement sécuritaire et je me sentais libre de les aimer. J'ai eu 7 petits-enfants.

Ce qui m'étonne, de nos jours, c'est que les femmes peuvent devenir mères aussi bien à 20 ans qu'à 40. Elles peuvent être mères et grand-mères en même temps. Elles choisissent le moment d'être enceinte, ne font pas d'enfant si elles n'en veulent pas. Je suis aussi surprise qu'avec tous les progrès de la médecine, certaines souhaitent accoucher à l'ancienne, dans la douleur voire même chez elles. J'ai des difficultés à comprendre. Et en même temps, je suis contente que les femmes puissent avoir le choix.

UNE FILLE SINON RIEN

Pour mon premier enfant, j'avais 28 ans, j'étais pleinement satisfaite de construire ma famille. Peu m'importait que ce soit un garçon ou une fille. Mon mari était d'ailleurs plutôt heureux que cela débute de cette manière. Cela permettait de transmettre le nom de famille.

Pour la seconde grossesse, par contre, j'avais très envie d'une petite fille. Ce n'était pas du narcissisme ni le désir qu'elle me ressemble mais l'absence de fille me semblait inconcevable. Dans la liste de mes motivations, il y avait sans doute l'idée très puérile de jouer à la poupée, coiffer ma fille, l'habiller, jouer aux Barbies ou autres. Mais surtout, dans mon image de famille idéale, il y a toujours une fille.

De fait, l'annonce d'un nouveau garçon m'a un peu minée. Mais comme nous avions toujours dit que nous aurions 3 enfants, j'ai pensé qu'il me restait une chance de réaliser mon vœu. Alors, la troisième fois, j'ai senti la pression monter, voire même l'angoisse. Je ne pouvais être que la mère d'une fille. L'échographie m'a achevée. Je suis sortie du cabinet gynécologique en pleurs et j'avais presque envie de taper mon abdomen avec les poings. Je suis devenue irascible, un peu borderline et j'ai vu l'incompréhension de mon entourage.

« Mais enfin, tu as de la chance, combien de femmes voudraient avoir 3 enfants et en bonne santé, en plus. » Je savais bien que ces gens avaient raison mais j'étais dans l'irrationnel.

C'est devenu une obsession telle que j'ai insisté lourdement auprès de mon époux pour faire le quatrième. Il a cédé et j'ai commencé à me renseigner sur les méthodes qui permettent de déterminer le sexe de l'enfant. J'ai débuté un régime alimentaire sucré et lacté qui modifie l'équilibre acido-basique corporel en faveur des gamètes féminines. Ensuite, j'ai lu que certains jours du cycle étaient plus propices à la conception d'une fille. Ainsi, les spermatozoïdes XX sont moins rapides mais plus résistants que les XY. Ainsi, il est recommandé d'avoir des rapports 3 jours avant l'ovulation et non le jour même afin de les favoriser. Cette pratique nécessite une parfaite maîtrise de son cycle. J'ai fait des courbes de température durant quelques mois et acheté de tests d'ovulation afin de connaître les dates favorables. Et je me suis lancée avec mon mari dans la conception presque mathématique de mon enfant. Cela a fonctionné. A la deuxième écho, je suis encore sortie en pleurs mais de joie cette fois. J'ai presque eu du mal à y croire. J'avais tellement investi mon imaginaire que le passage à l'enfant réel ne pouvait être que décevant.

Une fois que j'ai compris cela, quand ma fille a eu 3 ou 4 ans et qu'elle était plus garçon manqué que princesse, j'ai décidé de suivre une psychothérapie. J'ai compris que ce désir totalement insensé trouvait son origine dans mon enfance. J'avais occulté l'épisode où ma mère avait perdu une petite fille à 5 mois de grossesse. Sans doute avais-je voulu, inconsciemment, réparer ce drame survenu il y a longtemps.

HOMOPARENTAL

Marie et moi avions 25 ans, toutes les deux, lorsque je l'ai rencontrée dans un bar. Elle était belle, sûre d'elle, grande et dégageait une force incroyable. J'étais vraiment saisie par cette beauté resplendissante. Je n'avais jamais eu d'expérience homosexuelle avant elle. Je crois même que cela ne m'avait pas traversé l'esprit. Pourtant, dès notre rencontre, j'ai senti mon cœur s'emballer sans trop savoir où cela allait nous mener. J'ai suivi mon instinct et l'ai laissée prendre les choses en main. J'avais vu que je lui plaisais et ses penchants pour les femmes m'avaient été communiqués par des amis communs.

Après 3 mois de relation, nous avons pris un appartement. Assez vite, nous avons fait des projets et l'éducation d'un enfant en faisait partie.
Nous avions pleinement conscience des difficultés que nous allions rencontrer et du fait que, légalement, seule l'une de nous serait la mère de l'enfant. Nous avons envisagé toutes les possibilités : l'adoption, la mère porteuse et l'insémination.

La solution la plus simple était la dernière.
Nous avons d'abord décidé de procéder à l'insémination par nos propres moyens. Nous

avons demandé à des amis de se porter volontaires pour nous fournir leur semence afin que nous puissions l'introduire avec une seringue. Nous avons trouvé un ami bienveillant.

Une fois la décision prise, j'ai fait un stock de tests d'ovulation pour choisir les moments les plus fertiles pour réaliser cet acte de procréation.
Bien qu'ayant conscience que plusieurs essais pourraient être nécessaires, je m'étais mise dans la tête que cela allait être rapide. Malheureusement, quelques mois sont passés sans rien et Alain, le donneur, commençait à en avoir assez.

Alors, nous nous sommes inscrites dans un centre, en Belgique. Toutes nos maigres économies y sont passées ce qui accentuait la pression. J'avais peur que cela échoue une nouvelle fois. Mais non, tout a fonctionné du premier coup.

Notre joie se mêlait à nos craintes. Nous avions peur de ne pas être à la hauteur, peur des regards extérieurs, peur de na pas être reconnues dans notre parentalité, peur de ne pas réussir à éduquer un enfant...

Lauryne est arrivée 9 mois après. Elle était belle, joufflue (3,540 kilogrammes) et souriante. J'étais « Maman » et ma compagne « Mamoune ».

A l'école, ses copains lui ont posé des questions alors que, pour elle, nous étions une famille normale. « Je n'ai pas de papa, mais j'ai Mamoune, c'est pareil. » Il lui arrivait de nous poser des questions mais de manière simple. Nous lui répondions sans détour ni tabou. Elle a grandi en étant une enfant très épanouie et à l'écoute des autres.

En revanche, l'adolescence a été une période propice aux questionnements sur la sexualité en général et la sienne en particulier.
Je crois qu'elle s'est interrogée sur ce qui se passait dans notre lit et qu'elle était gênée. Elle sentait que c'était différent pour elle et qu'elle aimait les garçons.

Lorsqu'elle aura 18 ans, sa Mamoune va l'adopter en adoption simple afin d'officialiser le lien parental.

DANS LA VOITURE

Je sentais bien que ce bébé était plus pressé que le premier qui avait mis 9 heures à arriver. Cette fois, les contractions étaient proches et fortes tout de suite. J'avais réveillé mon mari, il était 3 heures du matin, et il avait du mal à émerger. J'ai été obligée de le presser car lui ne voyait pas l'urgence de la situation.

Nous devions déposer notre aîné chez ma mère, à 5 minutes de notre domicile. Je ne suis pas descendue de la voiture car j'avais trop mal mais, Fabien, lui, prenait tout sont temps (je le soupçonne d'avoir pris un café). Quand il s'est décidé à réapparaître, j'étais tordue de douleur sur la banquette arrière et je lui ai crié dessus pour qu'il se presse. Il faut dire que nous avions une trentaine de kilomètres à parcourir. Il n'y avait pas de circulation à cette heure matinale mais c'était quand même trop long.

Lorsque j'ai senti que mon bébé poussait à la porte de sortie, j'ai demandé à mon mari de freiner et il s'est rangé sur le bas-côté, au bord du talus. C'était la campagne avec des champs à perte de vue et je ne pouvais rêver d'une ambiance plus bucolique.
Fabien a téléphoné aux pompiers et au SAMU

tandis que je sortais seule notre fille de mon orifice vaginal après m'être accroupie, une jambe dans la voiture, une jambe dehors (j'avais ouvert la portière).

Les services de secours avaient recommandé à mon mari de ficeler le cordon ombilical. Nous n'avions pas de lacet et, à défaut, nous avons pris mon élastique dans mes cheveux que nous avons coupé au couteau (mon mari avait toujours un vieil Opinel dans sa voiture, au cas où).

Nous avons fait deux bouts pour ligaturer à 2 endroits différents et couper entre les deux, avant que le placenta ne sorte. Personne ne peut savoir à quel point il est difficile de couper un cordon au couteau mais il y est parvenu.

Le placenta est sorti environ 10 minutes plus tard. J'ai sorti un des pulls de ma valise pour réchauffer mon nouveau-né que j'ai gardé contre ma poitrine, bien au chaud.

Les secours sont arrivés un peu après. On voyait qu'ils n'étaient trop habitués à ce genre de situation.

Ils nous ont mises, la petite et moi, dans l'ambulance, direction la maternité. Fabien a repris la conduite de notre véhicule, en tremblant, toujours sous le choc de l'émotion.

A l'hôpital, notre histoire a vite fait le tour du service et j'avais l'impression d'être une rescapée. J'avais assuré au moment fatidique mais, après coup, je me suis sentie vidée. J'avais besoin de revivre cet accouchement en permanence dans ma tête car cela avait été trop rapide, choquant.

L'histoire s'était bien terminée mais je ne pouvais pas m'empêcher de culpabiliser d'avoir mis mon enfant en danger. C'était idiot, je le sais, mais c'était incontrôlable. J'ai eu besoin de voir la psychologue pour mettre des mots sur cette aventure hors du commun. Cela m'a beaucoup aidée. Cette expérience avait aussi des effets positifs. Je me suis remise très vite physiquement puisque je pouvais déjà me tenir debout, sans épisiotomie ou autre intervention, dès la délivrance placentaire.

J'ai donc accepté de ne voir que les aspects positifs de cette histoire.

J'attends un troisième enfant, je ne m'inquiète pas pour l'accouchement bien que je préfère arriver à temps à la clinique. On verra bien ce que la nature décide...

DANS LE COMA

Ma femme est devenue mère sans le savoir, elle ne le saura jamais. Elle a eu un accident de la circulation à 6 mois de grossesse et a été transportée, dans un état grave, dans un centre hospitalier.

Lorsque les médecins l'ont prise en charge, ils m'ont rapidement dit la vérité. Mon épouse avait le cerveau trop atteint pour être sauvée mais notre enfant pouvait l'être à condition de maintenir sa mère en vie quelques semaines pour qu'il puisse continuer de grandir in utero.

A l'annonce de cette nouvelle, j'en ai voulu au bébé de continuer à vivre alors que sa mère était perdue à jamais.

Confronté à la fois à un deuil et à une naissance, j'étais totalement dépassé par la situation et ambivalent, d'autant plus que je savais que la date de l'accouchement serait concomitante à celle de la mort.

Je devais préparer les obsèques de ma femme et la chambre de mon enfant, cruelle ironie du sort.
Si ma famille m'a beaucoup entouré, je me posais quand même des questions sur la suite. Comment

allais-je élever ma fille seul ? Qu'allais-je lui raconter, de sa vie, de sa mère, de moi ?

A environ 8 mois, l'obstétricien m'a prévenu que la césarienne était imminente. Je n'ai pas eu le droit d'entrer au bloc. Je pleurais, de joie, de tristesse, de tout.

Ils sont venus apporter ma fille dans mes bras et m'ont rassuré sur son état de santé. Elle était parfaite, avec un bon poids, de bons réflexes.
Je l'ai serrée très fort et mes larmes lui mouillaient le haut du crâne.

Ils ont remonté ma femme dans la chambre et ont consenti à ce qu'on attende le lendemain pour la débrancher, afin de dissocier les dates.
J'ai traversé les semaines qui ont suivi dans un épais brouillard.

Mes parents sont venus à la maison prendre le relais car j'avais de grosses difficultés à gérer le quotidien d'un nourrisson et surmonter mon chagrin.

Puis les semaines, les mois et les années sont passés. Je suis heureux avec ma fille. Depuis que je lui ai raconté son histoire, elle s'en veut du décès de sa mère et je n'arrête pas de lui expliquer qu'elle n'y est pour rien. On fleurit la tombe ensemble, on y dépose aussi des dessins et des lettres.

Et puis, on regarde les photos en guettant les ressemblances.

J'avoue que je ne suis pas prêt à avoir une nouvelle relation amoureuse ou à envisager d'avoir un autre enfant, c'est encore trop douloureux.

Alors, je fais de mon mieux...